AUX ÉTUDIANS,

SUR

LES DERNIERS ÉVÉNEMENS

DES ÉCOLES DE DROIT ET DE MÉDECINE DE PARIS,

ET

SUR LA NÉCESSITÉ D'AVOIR RECOURS A UN MODE RÉGULIER D'ORGANISATION ET D'EXPRESSION ;

PAR JULES SAMBUC,

Etudiant en Droit de la Faculté de Paris.

Novus rerum renascitur ordo.   OVID.

𝔓𝔯𝔦𝔵 : 75 centimes.

PARIS,

C. F. BENOIST, libraire, rue Saint-Etienne-des-Grès, n. 2, près de l'Ecole de Droit ;
BÉCHET jeune, libraire, place de l'Ecole de Médecine, n. 4 ;
L'AUTEUR, rue des Postes, n. 34.

1ᵉʳ DÉCEMBRE 1830.

LETTRE

D'UN ÉTUDIANT

EN DROIT

AUX ÉTUDIANS DE PARIS.

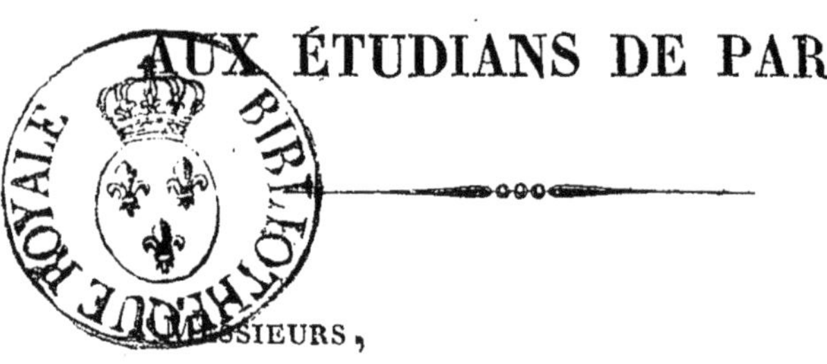

MESSIEURS,

A la suite de l'espèce d'orage qui vient d'éclater parmi nous, j'ai cru devoir vous faire une proposition tendante à rétablir l'ordre et la discipline, sans laquelle nul corps ne peut ni se faire respecter ni même exister; plusieurs d'entre vous ont eu la bonté de m'engager à publier une brochure pour développer ma proposition, je m'empresse de répondre à leur vœu.

D'abord, qu'il me soit permis de m'exprimer avec une entière franchise sur des scènes qui certainement ont dû affliger la plus grande partie d'entre nous, et qui ne sont pas un bon moyen de soutenir la réputation qu'avait acquise notre corps dans les jours d'éternelle mémoire.

Un professeur, m'a-t-on dit (car je suis ici depuis peu), vous a déplu par ses antécédens ; un autre professeur, dont les antécédens n'ont rien de commun avec les siens, a cru devoir vous faire observer que vous n'aviez pas le droit de vous y prendre d'une manière illégale, pour faire perdre son caractère à un homme qui le tient de la loi. Il a insisté sur les formes, parce que la nature l'a doué d'un esprit inflexible, qui ne peut souffrir le désordre, et qui tient à l'observation stricte des réglemens ; quelques uns d'entre vous l'ont trouvé mauvais, et ont semblé faire retomber sur lui le poids d'un ressentiment qui, dans le principe, s'adressait à un autre ; et cependant, vous ne savez pas si ce même professeur, qui vous a demandé le respect d'un caractère aussi long-temps qu'il existait, n'est pas un de ceux qui, dans les délibérations de la Faculté, se montraient le plus favorable à vos vœux. Mais ne pouvaient-ils pas, et ne devaient-ils pas être exprimés d'une manière plus convenable, plus conforme au caractère d'Étudians qui se respectent et qui veulent être respectés ? N'est-il pas affligeant que nous donnions une si triste opinion de nous au moment même où nous nous préparons à fraterniser, pour ainsi dire, avec les illustrations que la France vénère, et que nous chérissons d'autant plus qu'elles sympathisent mieux avec nous ? N'aurions-nous pas dû admirer au moins la force de tête et la trempe d'âme peu commune de celui qui pouvait parvenir à nous donner sa leçon au milieu de circonstances qui rendraient à tant d'autres la parole impossible, et les mettraient hors d'état d'avoir deux idées? Oui, si je ne me trompe, vous avez admiré son sang-froid et sa fermeté d'âme, témoin les applaudissemens qui ont couronné la séance de samedi. Mais d'où viennent donc les troubles qui ont attiré sur nous l'attention publique? et à quoi doivent-ils aboutir (1)?

Voyons si je pourrai trouver la véritable source du mal.

Quoique nous puissions avoir recours à des pétitions pour exprimer nos vœux, nous sommes dépourvus de tout organe pour les faire arriver d'une manière légale jusqu'à l'autorité compétente, en sorte que nous sommes vis-à-vis de la Faculté dans la même position que le peuple vis-à-vis du gouvernement, et comme lui, lorsque nous sommes agités par un sentiment qui nous déborde, les plus jeunes et les plus bouillans d'entre nous l'expriment d'une manière inconvenante, qui afflige

(1) Au moment où j'écris ces lignes, j'apprends que quelques troubles ont également eu lieu à l'École de Médecine. Il ne m'appartient pas de prononcer sur le fond d'une question que je ne connais pas; mais tout me porte à croire qu'ici encore la véritable cause des troubles, c'est la fermentation des esprits : cependant, comme chez nous, c'est la très petite minorité, quelques individus seulement qui se plaisent au désordre. Nous espérons que l'autorité saura le reconnaître et ne pas nous englober tous dans une accusation qui serait injuste : d'un autre côté, j'estime que dans les circonstances actuelles elle fera sagement de faire disparaître même tout ce qui pourrait servir de prétexte à de nouveaux désordres.

le corps entier des Étudians, et le fait descendre du rang où l'avait placé naguère l'opinion publique, c'est-à-dire que nous n'avons point encore un mode régulier d'exprimer des pensées que nous ne pouvons contenir ; qu'il nous est trop difficile d'avoir recours à la publicité, et que, faute de mieux, nous employons un moyen qui nous déshonore. De plus, nous voyons approcher des circonstances d'une nature tellement grave, que nous sommes comme tourmentés par le besoin de nous réunir, de nous donner une organisation qui régularise nos mouvemens et décuple nos forces Nous faisons, pour arriver là, des efforts tumultueux, qui, jusqu'à ce moment, sont venus échouer en présence du chaos de nos réunions, et il en sera ainsi, aussi long-temps que nous ne nous y prendrons pas d'une manière plus méthodique et plus sage. En attendant, notre sang bouillonne dans nos veines, nos têtes se montent, notre imagination s'exalte, nous sommes en proie à une véritable fermentation qui s'accroît des souvenirs du passé, du malaise du présent, des craintes de l'avenir, et du sentiment de notre impuissance à sortir promptement de cet état de crise. Tel est, à mon avis, le fond de la question ; le reste n'est qu'accessoire, c'est un épisode qui peut-être même n'aurait pas eu lieu sans cette extrême agitation des esprits.

Eh bien ! si c'est là le mal, appliquons-y le seul remède convenable, et voyons quels sont les avantages qui pourront en résulter.

Avant tout, j'estime que nous devons nous donner une *ORGANISATION* et un *JOURNAL*, journal qui sera celui de tous les Étudians de la France, celui même de toute la jeunesse française, dont nous pourrions, à juste titre, nous considérer comme les représentans, sauf à ne rien faire et à ne rien dire qu'elle soit dans le cas de désavouer. C'est là que nous pourrons tous déposer avec franchise nos vœux et nos pensées, provoquer peu à peu la réforme de tous les abus qui nous frappent, et appeler toutes les améliorations dont l'expérience nous a fait et nous fera sentir le besoin. Ce serait une véritable soupape de sûreté, un moyen d'obtenir avec le temps tout ce qui pourrait être bon, juste et utile, sans avoir recours à des formes qui violent toutes les convenances, et qui doivent singulièrement attrister le cœur de nos parens. Des considérations de la plus haute importance se rattachent à ce projet d'organisation et de journal, qui appartiendrait, non pas à quelques uns d'entre nous, mais à tout le corps des Étudians, ou du moins à tous ceux qui voudraient s'associer à cette entreprise. Elle devrait être *nationale* pour nous, si je puis m'exprimer ainsi, sauf à nous de nommer un comité de rédaction, parce qu'une entreprise de cette nature ne peut subsister sans cela; mais il n'y aurait point là de *propriétaire*, car le journal lui-même serait la *propriété* de tous ceux qui auraient contribué à le fonder. Seulement, pour qu'il eût des chances de succès, nous devrions veiller exac-

tement à ce qu'il fût confié à des mains habiles et
sévères. Moyennant ce , nous pourrions prendre
une part légitime à la politique de notre époque ,
et représenter les vœux, les besoins, les opinions
de la jeune génération , que nul n'est mieux placé
que nous pour comprendre ; nous saurions les exprimer avec ce ton de calme et de dignité qui
n'exclut pas l'énergie , et qui doit distinguer des
jeunes gens qui se livrent à des études sérieuses ,
qui savent que la véhémence des paroles n'ajoute
rien à la bonté de la cause qu'on défend. Si parfois
il arrivait à quelques uns d'entre nous d'émettre
des opinions erronées, ou jugées telles, la discussion libre amènerait, comme presque toujours, le
triomphe de la vérité, et, dans tous les cas, il serait avantageux pour ceux qui nous devancent au-
jourd'hui dans la carrière , de savoir ce que nous
pensons de leurs travaux. S'il est vrai qu'ils préparent, qu'ils construisent pour ainsi dire l'avenir,
c'est nous qui devons l'habiter ; et s'il arrive si
fréquemment qu'une génération renverse l'édifice
que lui avait préparé l'autre , c'est que jusqu'ici
les architectes n'ont pas cru devoir consulter le
moins du monde le goût des jeunes locataires. Ainsi
donc, au moyen d'un journal à nous , nous pren-
drions à la politique de notre époque la part qu'il
est juste, je crois, de nous accorder ; et peut-être
qu'avec le temps on reconnaîtrait que des âmes
neuves et franches, des cœurs purs et désintéres-
sés, étrangers encore aux mille passions et surtout
au profond égoïsme qui distingue tant d'autres

journaux, ne sont pas les moins propres à répondre à ce besoin vivement senti de toutes parts d'un écrit où tous les sentimens nobles et généreux, toutes les idées justes et utiles à la société puissent trouver un libre accès, sans être obligées de se munir d'un passeport qu'une avarice sordide et l'absence de toute philantropie leur font payer au poids de l'or.

Sous le point de vue scientifique, je vous l'ai déjà laissé entrevoir, nous poursuivrions l'œuvre de l'amélioration, et peut-être de la régénération de toutes nos institutions qui ont rapport à la science. Nous y constaterions avec soin, avec précision quel en est l'état en France, quel y est celui de l'enseignement. Au moyen de notre correspondance avec l'étranger, nous parviendrions aussi à constater le même état de la science et de l'enseignement dans les différens pays qui ont fait le plus de progrès sous ce rapport, et il ne faut pas nous le dissimuler, l'Allemagne, si nous savons l'explorer, peut nous apprendre bien des choses ; nous lui devons déjà beaucoup en philosophie et en histoire ; il nous importe d'épuiser cette mine précieuse, sans renoncer à notre individualité. Déjà un journal célèbre, que les circonstances politiques ont détourné de sa mission, avait fondé parmi nous une école nouvelle. Qui n'a admiré dans le temps les doctrines politiques, philosophiques et littéraires du *Globe ?* Eh bien, nous pouvons les ressusciter, nous pouvons reprendre en sous-œuvre, la tâche qu'il aurait mieux fait peut-être de ne jamais abandonner; et il nous est facile de prévoir que les débris de cette école éclectique qui n'a plus d'organe, s'empresseront de s'unir à nous, de seconder nos efforts. Si notre entreprise réussit, il est possible, il est probable que les universités étrangères ne tarderont pas à suivre notre exemple. Elles se donneront aussi un interprète de leurs pensées, de leurs vœux, de leurs besoins, car nos condisciples allemands et anglais en ont également, et de nombreux, qui ne sont pas non plus satisfaits. Des échanges s'établiront; les principes les plus élevés, les théories les plus sublimes, les découvertes les plus utiles, tout sera mis en commun et circulera rapidement entre les mains de la jeunesse studieuse de l'Europe. Et puis, quel sentiment de fraternité pourrait naître de ces communications! Si nous nous connaissions mieux, on verrait tomber ces préjugés injustes qui s'élèvent de nation à nation, qui entravent le développement de la civilisation, et, par conséquent, celui de la liberté; nous verrions que presque tous les jeunes gens instruits de l'Europe pensent à peu près comme nous, et qu'il y a une étonnante sympathie entre tous ceux qui se trouvent sur le même terrain, qui sont à la hauteur des principes. C'est ainsi que les Étudians de l'Europe, les premiers, arriveraient à cette grande famille dans le sein de laquelle doivent un jour entrer tous les peuples, mais qui cependant, pour eux, ne peut se réaliser qu'à une époque malheureusement encore trop éloignée.

Mais nous-mêmes, nous, Étudians de Paris, au sein de notre patrie, formons-nous une famille, un corps? Non, nous sommes isolés, privés de toute organisation, livrés à nos forces individuelles, sans aucun moyen de nous entendre, de nous concerter, de délibérer sur les questions qui nous intéressent le plus vivement. Et cette plaie de l'individualisme qui dévore toute la France est précisément ce qui nous a mis dans le cas de courber tour à tour la tête sous le régime de tous les bons plaisirs qui se sont succédé. L'union produit la force, et c'est la force qui enfante et nourrit la liberté. Je sais que nos lois proscrivent les associations, et nul plus que moi ne veut les respecter ; mais celles qui sont devenues absurdes, impraticables, ne tarderont pas à être abrogées, ou bien on sera forcé de les considérer comme tombées en désuétude. Le pouvoir comprendra que l'esprit d'association s'étant enfin glissé parmi nous (1), il serait impolitique, im-

(1) Déjà on parle d'introduire en France les *sociétés coopératives* qui sont connues depuis long-temps en Angleterre. On nous assure que trois ou quatre cents personnes vivant en commun, même à Paris, pourraient se procurer toutes les nécessités et même une partie des agrémens de la vie sociale, pour une somme de sept cents francs par an. On trouve le Prospectus de cette société chez M. de Castelverd, rue de l'Oratoire du Louvre, n° 6, qui reçoit de dix heures à midi, et le soir depuis huit heures. Elle doit s'organiser sous les auspices de M. le comte de Lasteyrie, dont le nom seul suffit pour inspirer la confiance et garantir une entreprise philantropique. Ceci mérite toute l'attention des Étudians qui tiennent à vivre à Paris avec économie et agrément. Qu'ils n'aillent pas croire que cette société perdra en liberté ce qu'elle gagnera en éco-

prudent même de vouloir le comprimer. Il faut s'appliquer seulement à en régler la marche. Mille fois la crainte et la défiance ont créé un danger qui n'eût pas existé sans elles. Nos intentions n'ont rien d'hostile ; elles sont, au contraire, toutes dans l'intérêt de l'ordre, de la liberté, du progrès; aussi long-temps qu'on voudra ces choses, on doit être sûr de sympathiser avec nous ; lorsque nous formerons un corps, il est certain que nous nous donnerons un réglement, et que nous maintiendrons parmi nous une discipline plus sévère peutêtre que celle que pourrait jamais y introduire une autorité extérieure. En fait de réglement, de discipline, d'administration même, il est dans l'esprit de notre époque que chacun ne se soumette volontiers qu'à celle qu'il s'est prescrite à lui-même, ou qu'il a consentie librement. Quand une fois les différentes agrégations sociales d'un pays sont arrivées à un certain degré de civilisation, il y a tout à gagner et rien à craindre à leur laisser le soin de faire ellesmêmes la police en ce qui les concerne. Au reste, messieurs, ce que je propose n'est pas nouveau; anciennement, si je ne me trompe, nous formions un corps, et nous sommes presque le seul pays en Europe où il en soit autrement. Les universités d'Angleterre, quelques unes du moins, envoient des représentans à la chambré des communes ;

nomie; car, si j'en avais le temps, il ne me serait pas difficile de leur prouver que le principe d'association, quand il est bien entendu, loin de restreindre la liberté, l'augmente par cela seul qu'il décuple les forces et les jouissances.

celles d'Allemagne jouissent de priviléges que nous considérerions, avec raison, comme des abus, car en tout ce qui concerne l'ordre social, nous ne réclamons qu'une égalité parfaite devant la loi, principe dont l'application a même besoin d'être encore étendu parmi nous. Ainsi ne croyez pas que je vienne ici vous proposer de ressusciter les priviléges de la *bazoche ;* d'un autre côté, je crois m'être aperçu que les mots de *consul,* de *sénat,* de *réglement* même, avaient été loin de chatouiller agréablement vos oreilles ; vous avez été presque blessés aussi de ce que je vous citais des exemples étrangers. Sur tous ces points il est nécessaire de nous entendre, et j'espère que quand vous m'aurez compris, vous reconnaîtrez que mes intentions sont complétement en harmonie avec nos intérêts et nos besoins actuels.

Et d'abord, en parlant de former un Corps d'Études, vous sentez qu'il m'eût été difficile de vous citer la France, puisqu'il n'y existe rien de pareil, et que nous sommes partout livrés à l'individualisme, qui, dans les circonstances actuelles, est mille fois plus à craindre que l'esprit d'association (1). En second lieu, empruntant mes exemples à la Suisse, et en particulier au canton de Vaud, qui n'est cependant pas pas tout-à-fait la terre classique de l'aristocratie, j'ai cru devoir vous dire les

(1) Jusqu'ici notre législation semble n'avoir jamais perdu de vue ce grand principe : *Divide ut imperes.* « Divisez pour commander. » Et il faut avouer que nos mœurs s'y sont prêtées avec une merveilleuse complaisance.

choses telles qu'elles sont, et me servir des expressions consacrées dans le pays. Je ne *prescrivais* pas, je *citais*. Or, à Lausanne, où a professé, pendant quelque temps, M. Charles Comte, qui y trouva aussi une bienveillante hospitalité en ces jours de calamité où l'on persécutait l'indépendance du talent ; à Lausanne, dis-je, les Étudians, depuis très long-temps, forment un corps qui, chaque année, élit son *consul* à la pluralité des voix, dans une assemblée générale ; de temps à autre, il choisit aussi ses *sénateurs*, qui sont chargés de délibérer sur les questions qui ne peuvent pas être soumises au corps entier ; parmi les sénateurs, se trouvent le *bibliothécaire*, les *censeurs*, les *questeurs*, le *trésorier* et le *secrétaire* de la société, parce que toute société ne saurait exister sans un réglement et des individus qui le fassent observer. Quiconque est incapable de se soumettre à un réglement qu'il a fait ou consenti librement, ne comprend pas la liberté, à mon avis, et n'est pas digne d'en jouir. Qu'importe les noms, d'ailleurs? L'essentiel, c'est qu'il y ait ordre et discipline, exercée, maintenue par le corps lui-même, seul moyen d'exister, de mériter quelque considération, et de se présenter à l'opinion publique sous un aspect respectable ; aussi la qualité d'*Étudiant*, dans tous ces pays-là, est un titre (1) ; et lorsque le corps entier charge

(1) Dans les assemblées publiques, dans les temples, partout où a lieu une solennité quelconque, les Étudians ont des places réservées qui viennent immédiatement après celles des magistrats et des professeurs.

son consul d'aller seul, ou suivi d'une députation, présenter quelque plainte, ou faire quelque demande au nom du corps qu'il représente, sa demande est toujours écoutée avec la plus sérieuse attention, et souvent prise en considération. Si parfois un Étudiant vient à commettre une infraction capable d'appeler sur lui toute la rigueur des lois, il n'est pas rare que l'autorité judiciaire, ou celle de l'Académie, réclame d'abord l'avis, je dirai presque la sentence du sénat des Étudians ; quand l'autorité ne l'adopte pas, c'est toujours pour en diminuer la sévérité ; car ici les Étudians, au lieu de prendre fait et cause en faveur d'individus qui déshonoreraient leur corps, sont les premiers à en faire bonne justice. Voilà le résultat de leur organisation, des réglemens qu'ils se sont donnés, et auxquels ils obéissent parce que ce sont eux-mêmes qui les ont faits, et qu'ils sont libres de les modifier quand ils ne les trouveront plus appropriés à leurs besoins. Ils ont des réunions à des termes plus ou moins rapprochés, selon les circonstances, et toujours tout s'y passe avec une décence et une gravité qui pourraient, au besoin, servir d'exemple à des gens qui sont appelés à délibérer sur des questions de la plus haute importance, et qui, trop souvent, nous montrent qu'ils n'ont reçu ni la sagesse ni la science infuses, que même ils ne comprennent pas leur époque, et ne savent pas en apprécier les besoins.

Une fois par année, au temps des vacances, des députations sont nommées par les différens corps d'Étudians de la Suisse, pour former une réunion générale qui a lieu ordinairement à *Zoffinguen*. Elle dure plusieurs jours, elle établit des relations d'une amitié réelle entre les étudians des vingt-deux cantons, et rien n'est plus touchant que la joie communicative et cette espèce de fraternité, qui président à ces banquets de jeunes gens. Qu'on ne vienne pas me dire que de telles réunions sont impossibles chez nous, que nous ne nous connaissons pas assez, que nous sommes trop étrangers les uns aux autres. Oui, mais c'est précisément là le grand mal, et je suis convaincu qu'il cesserait bientôt du moment où nous aurions des réunions où présiderait l'ordre, et où chacun pourrait trouver une occasion de se faire connaître et d'apprendre lui-même à connaître ses condisciples.

Supposons, en effet, pour un moment, que nous fussions organisés comme je l'entends, et que toutes les Facultés de province, marchant sur nos traces, vinssent à s'organiser, à leur tour, d'une manière analogue à la nôtre : qui empêcherait que chaque année, ou à des époques plus ou moins rapprochées, selon la gravité des circonstances, des députations des Facultés de province ne vinssent fraterniser avec nous? Vous dites que nous ne nous connaissons pas; mais c'est précisément là le moyen de se connaître; et certes, ce n'est pas entre Français que les connaissances se font le plus difficilement. Non, la chose n'est point impossible; seulement elle est neuve, elle est inusitée parmi nous, et de ce quelle n'existe pas encore, on en conclut bonnement qu'elle ne peut pas exister. Je nie cette conclusion, et je déclare que le temps se chargera de justifier ma manière de voir, parce qu'il est impossible que la force des choses et l'esprit du siècle ne nous amènent pas à nous faire sentir tout le bienfait, tout l'avantage des associations faites dans un bon but. Sans association, il n'y a ni force, ni jouissance pour l'homme; il n'est plus qu'un frêle roseau, abandonné sur un rivage aride à tous les vents, qui se plaisent sans cesse à lui faire courber la tête. L'esprit d'association est une conséquence naturelle, immédiate, du gouvernement représentatif; il est le seul qui puisse nous soustraire, à tout jamais, au joug du bon plaisir; car les bons princes passent, les bons ministres aussi; ce sont même des météores qui n'apparaissent pas trop souvent sur cette malheureuse planète; mais les institutions restent, et ce n'est que sur elles qu'il faut faire reposer notre avenir de liberté; surtout à une époque où l'on a reconnu plus que jamais combien peu il faut se fier aux hommes, combien les noms propres peuvent renfermer d'illusions, combien peu résistent à l'esprit de vertige que semble inspirer le pouvoir! Aussi, je n'ai pas craint de déclarer formellement à l'un de nos premiers et de nos meilleurs fonctionnaires, que je dépenserai toute ma vie à inoculer le principe d'association à mes concitoyens, à commencer par mes condisciples.

Mais on m'a objecté que nous étions trop nombreux pour pouvoir nous réunir et délibérer. A cela je réponds que, d'un côté, nous pouvons avoir recours au mode représentatif (1), et de l'autre, que des assemblées générales ne sont pas aussi difficiles qu'on le pense, surtout si une fois l'autorité voulait bien se persuader que nous ne sommes ni à craindre, ni à redouter, qu'il faut nous laisser suivre les développemens naturels de notre existence, de notre éducation constitutionnelle; nous favoriser au lieu de nous entraver, et nous prendre sous sa protection, cõmme cela se fait ailleurs. Voilà le véritable moyen de n'avoir absolument rien à craindre de nos réunions qui, en temps ordinaire, auraient surtout pour objet les intérêts de la science et ceux de notre organisation intérieure (2). Croit-on qu'une société de

(1) On m'a assuré qu'un de nos professeurs les plus respectables en avait déjà senti le besoin et conçu la pensée; que même il proposait aux Etudians de Paris de se réunir à raison des départemens auxquels ils appartiennent, et de nommer chacun un représentant. Il est possible en effet que ce qu'il y aurait de plus simple à faire fût de nous approprier la machine constitutionnelle, ou, si vous le voulez, d'en faire parmi nous une véritable répétition, sauf les différences que l'on comprend déjà, car il est clair que nous n'avons besoin ni de·Chambre haute, ni d'hérédité, ni de majorats et autres vieilles choses de cette nature, dont heureusement nous pouvons nous passer.

(2) Cependant si nous étions menacés d'une invasion, comme je le crois, je pense que le gouvernement devrait aller au-devant de nos vœux et nous donner à tous, dans toute la France, des armes en facilitant notre organisation, qui,

jeunes gens instruits offre moins de ressource et de garantie qu'une société de citoyens? Je ne le pense pas; je pense, au contraire, qu'ici, mieux encore que dans la société ordinaire, les plus habiles et les plus sages sauront s'attirer bientôt la confiance dont ils sont dignes, et se trouver par là en position d'exercer sur les autres une influence salutaire. J'ai vu un peuple tout entier de montagnards se réunir en plein air pour faire des lois, élire des magistrats, etc., etc.; pourquoi un peuple d'Etudians ne pourrait-il pas se faire un réglement, et qui plus est, s'y soumettre? Les commencemens, sans doute, sont toujours difficiles, et toute société qui veut s'organiser présente l'aspect d'un mouvement plus ou moins confus, qui fait d'abord douter du succès, et craindre le désordre; mais peu à peu les élémens se débrouillent d'eux-mêmes, l'ordre s'établit, le mouvement se régularise, et l'habitude venant à passer par-là, ce qui avait d'abord paru impraticable devient aussi simple que facile. Plus tard, on ne s'imagine pas qu'on ait pu exister autrement.

On m'objectera peut-être encore les difficultés particulières qui naissent de notre caractère national et de notre position actuelle.

Qu'est-ce à dire! sommes-nous incapables de

dans ce cas, pourrait devenir militaire, et nous transformer en autant de *bataillons sacrés* prêts à voler partout où pourrait nous appeler un danger imminent qui, à l'intérieur ou à l'extérieur, menagerait notre belle et chère patrie.

civilisation? ne pouvons-nous nous réunir sans avoir à craindre du tumulte et du sang ? Vaine terreur ! Il est vrai, j'avoue, que l'Anglais flegmatique semble plus propre aux graves discussions du régime parlementaire. Cependant, malgré notre vivacité et notre pétulance même, nous avons cru devoir adopter, et nous savons conserver les formes constitutionnelles qui font chaque jour de nouveaux progrès parmi nous. Eh bien! ce qu'ont pu nos pères., nous le pourrons aussi avec un but et un cercle d'activité différens. Qui sait même si avec le temps on ne nous verrait pas conserver au milieu de nos délibérations un calme et un sang-froid qui pourraient être cités comme exemple à de plus âgés que nous? Des questions moins importantes soulèvent des passions moins vives, et l'habitude des formes parlementaires s'introduirait parmi nous tout aussi bien qu'à la Chambre. Qui de nous n'a vu plus d'une fois ses opinions les plus chères, ses convictions les plus intimes fortement combattues, vivement contredites dans les sociétés où il s'est trouvé? Il n'a cependant pour cela insulté ni battu personne. Pour moi, quoique né sous l'influence du soleil du midi, je me sens très capable d'écouter jusqu'au bout, et de sang froid, les opinions qui s'accordent le moins avec les miennes : je ne vois pas pourquoi chacun de nous n'en pourrait pas faire autant, alors qu'il sait qu'une complète réfutation lui sera entièrement permise. Au contraire, je crois que ce serait le véritable moyen de nous habituer d'avance au calme, au sang-froid, à la modération sans laquelle il n'y a pas de discussion possible; et lorsqu'un jour nous arriverions à des discussions d'un ordre plus élevé, on s'apercevrait peut-être avec plaisir que cette école préparatoire n'a pas peu contribué à développer en nous le talent de la parole et l'habitude des formes parlementaires. Tout s'acquiert par l'exercice, même la vertu, a dit un philosophe.

Reste la question d'opportunité, de circonstance. Elle mérite d'être examinée avec soin. — Dans quel temps vivons-nous ? Au milieu de l'époque la plus extraordinaire qu'ait jamais vue l'humanité. Elle n'a d'analogie qu'avec celle qui précéda la chute de l'empire romain, lorsqu'il tomba sous les coups des barbares du Nord, pour faire place au long et pénible enfantement d'une civilisation nouvelle. Toutes les bases de la société européenne sont usées ou prêtes à s'écrouler. Un vieux monde est près de s'abîmer pour faire place à un monde nouveau. Malgré tous les ménagemens intempestifs d'hommes que leur faiblesse ou leur bonne foi a induits en erreur, qui se sont grossièrement trompés, tout aussi-bien que s'ils n'avaient jamais lu une page d'histoire, et qui ne savaient pas encore *que la plus grande faute en révolution c'est de s'arrêter;* malgré tous leurs palliatifs, disons-nous, l'Europe va passer par une conflagration générale, et nous dire pour la vingtième fois qu'une idée est un projectile qu'il est impossible, absurde de vouloir arrêter dans sa marche : il faut de toute nécessité qu'elle décrive sa parabole. Une lutte, et une lutte à mort va donc s'engager entre les deux principes qui se disputent le pouvoir. L'aristocratie, le droit divin avaient triomphé à Waterloo, de lugubre mémoire; la démocratie, le droit du peuple ont triomphé à leur tour les 27, 28 et 29 juillet, quoique cette belle révolution ait été en partie confisquée au profit de quelques individus auxquels l'avarice ou la peur a donné du courage, alors qu'il ne s'agissait plus que de se jeter en avant et de crier bien fort pour recueillir les fruits de ce bel héritage ; mais vous allez voir qu'ils ne l'auront accepté que sous bénéfice d'inventaire, et qu'ils s'en dessaisiront du moment où il faudra en supporter les charges, c'est-à-dire payer de leur personne. Les hommes si avides en temps de paix ne veulent et ne valent souvent plus rien en temps de guerre. Quoi qu'il en soit, les choses ne peuvent en aucune manière en rester là. L'aristocratie du Nord a compris qu'il s'agissait pour elle *d'être ou de n'être pas*. Elle ne fut et ne sera jamais de bonne foi, et c'est pousser la bonhomie jusqu'à l'absurdité que de lui en avoir supposé. Il fallait donc prévoir la crise, s'environner d'une ceinture de républiques ou de peuples en révolution, former une ligue offensive et défensive de toute l'Europe du midi, et attendre l'Europe du nord ! Alors peut-être elle eût reculé, et se fût vue contrainte de se résigner à un triomphe qui prépare sa ruine. Maintenant elle va tenter un dernier effort, un second Waterloo. Nous espérons que l'Angleterre n'y prendra aucune part, et que cette fois-ci ce sera celui des peuples. Ils sauront se réunir ; il en est temps encore ; ils sauront comprendre leurs véritables intérêts, se rallier sous l'étendard de la liberté, destituer quelques rois de plus, et les envoyer à leur tour expier sur quelque roc sauvage le long crime de l'abrutissement des peuples!...

Quelle que puisse être l'issue des événemens qui se préparent, cette crise doit amener un nouvel ordre de choses : *novus rerum renascitur ordo.* « *Avant cinquante ans,* a dit le prophète de Sainte-Hélène, *l'Europe sera république ou Cosaque* ». Et déjà nous avons vu quelques unes de ses prédictions s'accomplir. Cependant, si la tempête effroyable qui commence à gronder amène au gouvernail de ces âmes d'élite, seules faites pour diriger des événemens qu'elles seules osent envisager face à face, la cause des peuples sortira victorieuse de cette grande convulsion, et avant qu'elle soit terminée, l'Italie, l'Espagne, le Portugal et la Pologne auront recouvré l'existence ; la Belgique et la Grèce n'auront plus à craindre de rois, et les constitutions de tous les autres États seront toutes plus ou moins modifiées. Telle est du moins mon espérance et mon opinion; mais je crois que la lutte sera longue et terrible.

Maintenant, je vous le demande, mes amis, est-ce en présence d'un tel avenir, au milieu de telles circonstances, que nous devons craindre et qu'on doit redouter de nous unir? Que deviendrons-nous si nous restons désunis? Et si toutes les autres classes de la société ont le bon esprit de se grouper pour être plus fortes, serons-nous les seuls qui continuions à vivre dans un déplorable isolement, source de faiblesse, de désordre même et d'anarchie? Qui sait si ce n'est pas sur la frontière, l'épée à la main, que nous devrons aller achever notre cours de droit? car si la patrie est menacée, si une huitième coalition ose vouloir fouler encore ce sol sacré, il ne s'agit plus de *manger des textes*, comme nous disons, il s'agit de se lever en masse, de courir sur la frontière, d'y dévorer, d'y anéantir tout ce qui osera se présenter. Des proclamations feront le reste!... Mais si la Providence, pour nous châtier, pour retremper peut-être notre énergie morale, nous destinait à une nouvelle invasion de barbares, unissons-nous encore, et jurons de mourir tous jusqu'au dernier, ou de ne pas laisser sortir un seul ennemi du sol qu'il aura osé profaner. C'est aux jeunes cœurs, c'est aux âmes vierges encore qu'appartiennent surtout les actes d'héroïsme et de dévouement. Oui! dût notre capitale, et dix capitales éprouver le sort de Moscou, plutôt ce sacrifice encore que celui de notre liberté!... Et si, pour leur malheur, des impies, des traîtres, dont l'œil sombre ne s'humecta jamais au doux nom de Patrie, allaient essayer de nous diviser, de jeter parmi nous des brandons de discorde , c'est par ces monstres qu'il faudrait commencer ; c'est à travers les ruines fumantes de leurs palais en cendres , et la poussière de leurs ossemens brisés , qu'il faudrait marcher à l'ennemi du dehors !...

Voyez où m'entraînent mon sujet et les circonstances ! Cependant tout ceci se rattache à mon plan ; reste à savoir maintenant s'il réunira les deux approbations qui lui sont nécessaires pour pouvoir être mis à exécution. Si personne ne l'approuve , c'est que personne ne l'aura compris ; car je proteste ici solennellement en présence de tous ceux qui auront pu lire cette espèce d'improvisation écrite, que mes intentions sont entièrement pures , qu'elles ont pour but *le bien de ma patrie*, *la liberté*, *l'ordre*, *le progrès* qui est et sera toujours ma devise. Je finis en me résumant.

Je m'élève de toutes mes forces contre les désordres qui ont eu lieu, que je m'explique, cependant, par l'agitation actuelle des esprits et la fausse position dans laquelle nous nous trouvons. J'invite tous les Etudians de Paris et au besoin, ceux de toute la France, à se réunir pour se donner une organisation régulière et pour fonder un journal qui soit l'interprète fidèle de leurs vœux, de leurs pensées , de leurs besoins , sous le point de vue politique et scientifique ; et comme un tel journal serait impossible parmi nous, sous l'influence de la fiscalité des lois actuelles, je les engage à signer tous une pétition (1) qui aura pour but d'obtenir la suppression d'un abus, désormais intolérable, que la chambre des pairs devrait faire disparaître promptement et complétement, si elle comprenait bien les intérêts de la France et les siens.... Ainsi donc, je crois que, dans l'intérêt de l'ordre, de la discipline, de notre éducation constitutionnelle, et en cas de danger, dans l'intérêt de la patrie, il sera bon que nous nous réunissions au plus tôt pour former un corps dont les ramifications s'étendront sur toute la France, et par suite sur toute l'Europe; mais cette organisation, dans un but de fraternité et de force légale, réclame, ce me semble, l'approbation de l'autorité : c'est pourquoi, si elle est jugée nécessaire, j'estime qu'il faut la réclamer incontinent. J'avais cru d'abord que le journal devait précéder l'organisation et la préparer ; mais je vois maintenant qu'il doit en être tout autrement, attendu que notre organisation et celle des Etudians de toute la France est devenue urgente, ne fût-ce que pour inspirer une crainte salutaire à tous les infâmes qui osent conspirer au-dedans ! Espérons que le gouvernement saura nous comprendre, et qu'il s'empressera de nous accorder l'autorisation, je dirai même la protection la plus franche et la plus décidée.

Je ne me dissimule pas les difficultés que pré-

______

(1) Une pétition a été déposée à cet effet au bureau de la *Sentinelle du Peuple*, rue des Francs-Bourgeois-Saint-Michel, n° 8.

sente l'exécution entière de mon projet; je les entrevois peut-être mieux que personne; je sens que seul je ne puis rien : mais j'offre toute ma coopération, tous les efforts, toute la persévérance dont je suis capable, à ceux d'entre vous auprès de qui ma pensée aura trouvé quelque sympathie; ils me trouveront toujours disposé à leur consacrer mes faibles moyens et mes loisirs; mais je déclare nettement que je ne prendrai aucune part à tout ce qui pourrait se faire d'irrégulier; je m'absenterai même des délibérations aussi long-temps qu'on ne voudra pas procéder de manière à pouvoir obtenir quelque résultat. Le chaos de délibérations semblables à celles que j'ai entendues jusqu'ici ne peut absolument aboutir à rien, sinon à nous rendre ridicules. Une organisation, de l'ordre, des formes, du silence, messieurs, et je serai fier alors d'être des vôtres (1). Pour réussir, il nous faut, avant tout,

(1) Peut-être un moyen d'arriver à quelque chose serait de reconnaître de suite et provisoirement pour président le plus âgé d'entre nous, d'ouvrir un registre chez lui et d'aller tous lui donner nos noms et nos adresses, pour qu'il pût nous convoquer; ou bien encore il le ferait au moyen d'un écrit sous grille, affiché à l'Ecole de Droit et à celle de Médecine. Mais une fois assemblés sous la présidence de notre doyen, respectons-le, accordons-lui le silence qu'il nous demandera avec sa sonnette, sinon renonçons à délibérer. Ces délibérations pourraient avoir lieu dans les jeux de paume de la rue Mazarine, ou au manége du Luxembourg; ou enfin, faute de mieux, sur la place du Panthéon.

de l'ordre et de la force de volonté ; sous ce rapport, je me fais fort de payer ma quote-part.

Si l'exécution ne suit pas le projet, il ne faudra pas en conclure qu'il soit mauvais en lui-même, ou impraticable ; seulement cela prouvera que nous voulons laisser à une autre génération d'Étudians l'honneur d'avoir su exécuter ce que nous n'aurons su que concevoir. Toujours est-il que j'aurai rempli un devoir, et obéi à l'impulsion de mon cœur, en répondant à votre appel, et en appelant moi-même vos réflexions sur un sujet, sur une pensée qui mérite toute votre attention. Seulement, je vous prie d'en excuser la forme, attendu que je n'ai eu que bien peu de temps à y consacrer. Mais ce dont je vous prie surtout, ce dont je vous conjure, au besoin, c'est de comparer nos discordes puériles aux graves circonstances dans lesquelles nous nous trouvons, de comparer la conduite de juillet avec celle de novembre, et de voir combien ce parallèle pourrait devenir humiliant pour nous ! J'espère donc que l'ordre le plus parfait va renaître dans nos leçons, et prouver qu'ils sont en bien petit nombre ceux qui parmi nous se plaisent au désordre. A l'avenir, répudions toute solidarité entre eux et nous ; désavouons-les de toutes nos forces, et prenons garde que quelques réfugiés de Saint-Acheul ne viennent se glisser dans nos rangs, pour les infecter par un souffle de délire et de fureur !... Il y a du calcul dans la leur, comme dans celle

de tous les jésuites en robe courte que ronge le
dépit, et qui, maintenant, ne respirent plus que
désordre et confusion. Les malheureux! ils voudraient
voir triompher l'anarchie, et la patrie s'abîmer
sous des flots de sang!... Mais nous, mes
amis, nous, les enfans de la France, qu'elle contemple
avec orgueil, avec amour, avec espoir,
il nous faut de l'union, de l'ordre, un moyen
d'agir avec intelligence, avec ensemble, et d'éclipser,
s'il se peut, la gloire de nos frères, au
lieu de la ternir!...

Tout à vous.

JULES SAMBUC,
Étudiant en droit.

Paris, ce 29 novembre 1830.

www.ingramcontent.com/pod-product-compliance
Ingram Content Group UK Ltd.
Pitfield, Milton Keynes, MK11 3LW, UK
UKHW022237070726
13613UKWH00004B/1992